ÉLOGE

MÉMORABLE DU CONCORDAT,

OU

LES *ALLELUIA*

ET

LES *AMEN* PERPÉTUELS

DES CATHOLIQUES DE NEVERS;

LA GRANDE JOIE

DU VIEUX PÈRE GARNIER,

En apprenant la mort de la Décade, et sa réconciliation avec elle, le mardi de Pâques, à Nevers, lorsqu'il sut qu'il avoit encore vacance, ce jour-ci, quoiqu'il eût eu vacance l'avant-veille.

A PARIS;

Chez la veuve LACROIX, Libraire, rue du Coq Saint-Honoré.

1802.

ÉLOGE

MÉMORABLE DU CONCORDAT,

OU

LES *ALLELUIA,*

ET

LES *AMEN* PERPÉTUELS

DES CATHOLIQUES DE NEVERS.

Air : *O Filii ! ô Filiæ.*

A BAS Calendrier décimal (1),
Tu n'étois pas national (2) ;
Vive, vive le septimal,
Alleluia, Alleluia, Alleluia, Alleluia.

Au diable tridi, quartidi,
Nous aimons mieux lundi, mardi,
Mercredi, jeudi, vendredi,
Et samedi (3). Alleluia, etc.

---

(1) Le changement de l'ère peut subsister avec le Christianisme; mais le repos décimal avoit été imaginé par mépris pour lui.

(2) Où étoit le bon sens ou la bonne foi de la Réveillère, lorsqu'il nommoit républicaine une institution abhorrée par les 99 centièmes de la nation ?

(3) Notez que ce fut précisément le Samedi-Saint, que la seule cloche qui reste à Nevers, et qui, depuis

Le Calendrier des animaux (1),
Datta du règne des bourreaux,
Il est proscrit fort à-propos,
    Alleluia.

Il plaisoit fort aux scélérats,
Et nullement aux saints Prélats ;
Ah ! qu'il est bon qu'il soit à bas,
A bas, à bas, à bas, à bas, à bas.

Les Consuls de la Nation
Ont de la vénération
Pour sa sainte Religion,
    Alleluia.

Garnier (2) a fait un bon calcul,
Car, graces au Premier Consul,
Son espoir n'est rien moins que nul,
    Alleluia.

Ils n'avoient donc pas tort ses vers,
Puisque la cloche de Nevers
Doit sonner malgré les pervers,
    Alleluia.

Quand cette cloche sonnera,
Pour l'Office alors qui voudra,
A temps au Temple se rendra,
    Alleluia.

Magistrats, Chefs salariés,
Citoyens mes édifiés,
Vous n'êtes plus contrariés,
    Alleluia.

---

l'insensé Culte de la Raison, n'avoit pas sonné pour le Culte divin, recommença à sonner pour lui en l'an X (1802).

(1) De Desglantines, 1793.
(2) Ce Garnier est auteur de deux pièces de vers intitulées : *Les Cloches de Montluçon* et la *Cloche de Nevers.*

Ils avoient bien le diable au corps ,
Tous ces prétendus esprits forts,
Mais on connoît tous leurs grands torts,
    .Alleluia.

Puisque malgré leur faction (1),
On soutient la Religion ,
Chantons avec dévotion ,
    Alleluia.

Malgré le roi des apostats (2),
Nous pourrons avoir des Prélats
Et des Chrétiens pour Magistrats,
    Alleluia.

Nous devons au Gouvernement,
De nos marchés le changement ;
Chantons donc bien dévotement,
    Alleluia.

Le jour qui doit vous bien unir,
Sera plus prompt à revenir,
Amans chantez avec plaisir,
    Alleluia.

Enfin le saint jour du Seigneur
Est du Décadi le vainqueur;
Chantons donc tous avec ferveur,
    Alleluia.

Pour nos trois Consuls prions bien,
Prions pour chaque citoyen ;
C'est pour le coup que ça va bien,
Fort bien , fort bien , fort bien , fort bien , fort bien ,
    fort bien , fort bien , fort bien.

---

(1) Il est aujourd'hui bien curieux, pour la grande
majorité, de relire les articles Variétés des Numéros
400, 567, 600, 611, et surtout 851, du *Journal de
la rue d'Enfer.*
    (2) La Réveillère.

Mais dans les temps des *ça ira*,
Des Robespierre et des Marat,
En pleurant nous disions tout bas,
    Alleluia.

Tout Chrétien sait qu'il doit souffrir,
Avant d'avoir bien du plaisir,
Que disoit donc chaque Martyr ?
    Alleluia.

Laissant agir les factieux,
En nous les rendant odieux,
Dieu nous a fait ouvrir les yeux,
    Alleluia.

On voit qu'à leur manque de foi,
On dut leur mépris de la loi,
Et tant d'horreurs et tant d'effroi,
    Hélas ! Hélas !

Profitons de cette leçon,
De la cloche aimons bien le son,
Et chantons tous à l'unisson,
    Alleluia.

Craignons les démons et les fous,
En bons Chrétiens agissons tous,
Et que la paix soit parmi nous,
Amen, Amen, Amen, Amen, Amen, Amen,
    Amen, Amen.

N'oublions pas les maux passés,
Mais n'en soyons pas couroussés,
Puisque nos vœux sont exhaussés,
    Alleluia.

Du mal il faut se souvenir,
Pour l'empêcher de revenir,
Et pour qu'heureux soit l'avenir,
    Rien n'est plus vrai.

C'est en comparant mille horreurs
Aux bienfaits de nos Gouverneurs,
Que l'on en sent mieux les douceurs,
    Rien n'est plus vrai.

Démons ! convertissez-vous tous,
Ne soyez plus de cruels fous ,
Soyez plus polis et plus doux.
    Amen , Amen , etc.

Domptez tous vos mauvais penchans .
Et ne vous moquez pas des chants
Qui ne blâment que les méchants ,
    Amen, Amen, etc.

Tels sont les vœux que fait Garnier ;
Il les fait pour glorifier
Un Dieu que chacun doit prier.
    Alleluia.

CONCLUSION.

Comme on n'est jamais dégoûté
De ce dont on est enchanté,
Chantons à perpétuité ,
    Alleluia.

Air : *Avec les Jeux*, etc. ou *De la Pipe de talo.*

Ne perdons jamais la mémoire ,
Des maux que nous avons soufferts,
Nous puiserons dans leur histoire
La crainte des mêmes revers.
Apprenons que la méfiance
Est mère de la sûreté ,
Et que les malheurs de la France
Vinrent de l'incrédulité.

La plus affreuse tyrannie,
Celle qui nous fit tant de mal ,
Nous vint de la philosophie
D'Helvétius et de Raynal ;
Au diable les prétendus sages ,
Bayle, Voltaire et Diderot ;
Au diable les antropophages,
Marat, Robespierre et Collot.

LA GRANDE JOIE

DU VIEUX PÈRE GARNIER,

En apprenant la mort de la Décade.

Air : *Écoutez l'avanture d'un pauvre Villageois.*

ELLE est donc abolie ,
Cette Décade enfin.
Pour ma chère Patrie ,
O ! quel heureux destin !
Les anté-Christicrates
En sont beaucoup fâchés ,
Mais enfin de leurs pattes
Nous sommes arrachés.

Le Culte décadaire
Ne fesoit aucun bien ;
Il ne servoit qu'à faire
Enrager tout Chrétien.
C'étoit pour faire insulte
A la Divinité ;
Pour détruire un saint Culte ,
Qu'il étoit inventé.

Volonté générale ,
Tu fais enfin la loi ;
Notre Chef se signale
Par son respect pour toi.

La paix extérieure
Doit nous contenter tous ;
Mais la paix la meilleure,
C'est la paix parmi nous.

La croyance chrétienne
Sert à la maintenir ;
Mais la Socinienne
Ne peut nous contenir.
Sans la philosophie
Des ennemis de Dieu,
La terreur, l'anarchie,
N'auroient jamais eu lieu.

Bonaparte déteste
La persécution :
Il abhorre la peste
De l'irréligion.
De toute inconséquence
Il est grand ennemi :
Il veut la tolérance,
Mais non pas à demi.

O ! qu'il est grand cet homme !
Qu'il a de la valeur !
De l'Eglise de Rome,
Il est le protecteur.
Il sut de nos armées
Rendre heureux le destin :
Mais braver les athées,
C'est faire un trait divin.

C'est agir pour la gloire
Du Dieu de l'Univers,
C'est causer du déboire
A tous les gens pervers ;
D'une secte infernale,
C'est braver les desseins :
Mais Dieu, de sa cabale,
Rendra les efforts vains.

O ! Puissance divine,
Protége ce héros,
Qui connoît l'origine
Du plus grand de nos maux :
Fais que toujours il suive
L'avis des bons Chrétiens,
Et que longtemps il vive
En dépit des payens.

Du pauvre vieux Deschesnes
Voilà quels sont les vœux ;
Il eut de grandes peines,
Il est bien malheureux ;
Mais d'elles la plus grande,
C'étoit de voir la foi
Que Dieu de nous demande
Honnie par la loi.

LE PÈRE DESCHESNES

A la dernière des Décades.

PLUS de vingt mille fois après toi j'ai pesté :
Au diable, je disois, nous devons la Décade ;
C'est bien pour faire insulte à la Divinité
Que des archi-démons ont fait cette cacade.

A la maison de Dieu préférer mon bureau !
Ne pouvoir assister le Dimanche à l'Office !
Ton inventeur, disois-je, étoit un vrai bourreau ;
Rester neuf jours captif, ah ! pour moi quel supplice !

Je suis vieux catholique et loin de mes parens ;
La révolution a causé ma ruine :
Pouvois-je, sans dépit, voir les plus durs tyrans,
Se moquer du grand nombre et de la loi divine ?

Pouvois-je sans dépit voir tous nos magistrats,
Et tout pauvre commis, (fut-il bon catholique),
Souvent contraints d'agir comme des apostats ?
Ah ! que je te plaignois , ma chère République.

Enfin le Concordat m'a délivré de toi ;
Le saint jour du Seigneur est remis à sa place :
Notre Premier Consul rend hommage à ma foi ;
(Ce grand trait de bravoure au plus haut rang le place).

Braver des factieux triomphans jusqu'ici ;
Des subtils Jacobins faire avorter la trame ,
Sachant qu'ils en auroient grandement du souci) ;
Oh ! quel trait de bravoure ! Oh ! quelle force d'ame.

Ce que les Jacobins avoient le plus à cœur,
C'étoit d'anéantir pour jamais notre culte :
Mais il les brave tous , et ce bon protecteur
Saura bien empêcher qu'aucun lui fasse insulte.

Il a bien surpassé , par ses vaillans exploits ,
Alexandre et César , la chose est véritable ;
Mais la paix, parmi nous , dépend des sages lois ,
Et celle qui te chasse est chose fort louable.

Bonaparte le sent , et ce héros humain ,
Ne souffrira jamais que le jacobinisme
Reprenne le dessus , sachant qu'il est certain
Que tout crime est le fruit de leur philosophisme.

Dans sept jours, je disois, revient donc mon repos ,
Et nous verrons cesser le plus grand de nos maux.
A l'irréligion, (la chose est bien prouvée),
Nous devons les horreurs qu'on fit dans la Vendée.
C'est du manque de foi que le plus grand mal vient ;
Dans un de ses discours, Robespierre en convient.

Mais le mardi de Pâque, on m'a dit la décade,
Pour se repatrier, en ce jour avec vous;
Et pour que vous cessiez de l'appeler maussade,
Impie, impertinente, invention des fous,
Veut vous permettre enfin d'agir en catholique :
Voici son dernier jour, fermez votre boutique,
S'entend votre bureau ; la Décade en partant
Veut que vous conveniez qu'elle vous rend content.

En effet, aussitôt je m'en fus à la Messe ;
Je dis : Alleluia ! la décade enfin cesse.
Au peuple souverain je souhaitai du bonheur,
Ainsi qu'aux trois Consuls, et ce fut de bon cœur.

———————

Air : *Femmes voulez-vous éprouver.*

Hélas ! sans l'irréligion,
Sans le mépris du Sacerdoce,
Auroit-on vu la Nation
Gémir sous un régime atroce ?
Marat, Gouthon, Collot-d'Herbois,
Robespierre et tant d'autres maîtres,
Ont mis la Patrie aux abois;
Ils n'étoient pourtant pas des Prêtres.

FIN.

www.ingramcontent.com/pod-product-compliance
Lightning Source LLC
Chambersburg PA
CBHW061444170626
46811CB00005B/2359